Vera Flehner

La superficie constante

Vera Flehner

La superficie constante

Cuentos suspensivos

CREDO EDICIONES

Imprint

Cover image: www.ingimage.com

Publisher:
CREDO EDICIONES
is a trademark of
International Book Market Service Ltd., member of OmniScriptum Publishing Group
17 Meldrum Street, Beau Bassin 71504, Mauritius

Printed at: see last page
ISBN: 978-620-2-47869-4

Índice

Preludio

El mundo me queda grande, no logro abarcar su manto que me ahoga, la tierra me quema, me pierdo en el tiempo, todo es demasiado, la verdad se presenta disfrazada, a veces de ella misma y no logro discernir lo que perciben mis sentidos.

Mi voluntad férrea, asertiva, etérea
pierde batallas, gana estrategias.
Mis sentidos mueren,
Mi pensar se eleva,
Crecerá la luz
Tímida y certera

Un Dios infinito que arremete mi mente no quiero, no a ese Dios que me enferma, ese Dios luciférico enajenado en la conciencia. Y ahora debo continuar sin Dios, ¿que hago? perdí el cinismo, la hostilidad, el odio pude deshacerme de ellos, a un costo muy alto. Quizás es la falta de fe o la excesiva fe, quizás es una fe equivocada o simplemente no es cuestión de fe.

Es más una cuestión de libertad, la libertad de pensar lo que realmente pensamos y no lo que nos conviene. Y ¿que es lo que nos conviene? ¿Un pensamiento estándar, estructurado en algún bastión oxidado? que relajado es reposar nuestro pensamiento en algún estandarte, cuan pesado es el pensamiento individual, por eso es que todo se reduce a una cuestión de voluntad, pasó de ser cuestión de fe a ser cuestión de voluntad. La voluntad regida en libertad es la verdad del alma humana, Tronos se ocupan de ella y los guardianes; Ángeles y Arcángeles nos insuflan inspiración para que pueda aparecer en nosotros el esbozo al menos de un pensamiento. En eso consistiría una sabiduría honesta; en el proceso de pensar guiados libremente por nuestra más férrea voluntad que podrá sostener nuestro pensamiento individual en armonía con el universo, sin levantar ningún estandarte.

Pero apenas llegamos a la sabiduría. Los espíritus del amor y de la armonía esperan aun más alto, Pareciera que llegaremos al amor a través de la sabiduría. Es difícil dejarse enloquecer por la verdad y solo el loco enamorado de la verdad conquista rápidamente el amor, entonces cuando encuentras el amor, pero el amor sublime, el amor erguido, el amor que te permite encontrar armonía entre ese ser de tierra y cielo, de barro y estrellas, de poesía banal y miseria, mucha miseria, de luz intacta, espectral, iridiscente, cegadora.

Pero no encuentro a Dios, no al que estoy buscado y la absurda idea de que Dios me castigará irrumpe y me río, como Sarah, porque en cada risa nos acercamos más a Dios. Me parece que tomaré otro camino, para poder finalmente buscar lo que encuentro. Hay quienes no buscan, creo eso, quiero creer en eso, pero ese no es un pensamiento libre creer en eso justificaría mucha miseria y horrores injustificables, mi pensamiento quiere apoyarse sobre una buena idea preconcebida, descansar, pero no puedo hacerlo, caería en la trampa del fanatismo o ¿puede no ser así en al algún momento o circunstancia? . No me ocuparé ahora de ellos, ¿Podremos hacer algo por aquellos que no buscan ni creen? hacer algo para que lo que les espera tras la muerte sirva como enseñanza evolutiva y no caiga en la decadencia, esta en mis manos en nuestras manos, si yo misma estoy buscando ¿puedo yo ayudarlos?. Ahora me doy cuenta que necesito encontrarlo para salvarlos o el simple camino de buscada me habilita como salvadora... me dejaré inspirar por el espíritu, sí,

Pero las cosas cambiaron y ahora son así. Solo necesito un sacudón, reformular, ¿un pralaia? ¿Una fiesta saturnal? ¿Un camino de sabiduría más profundo? Eso duele. No era aquí adonde quería llegar, no a este laberinto escondido. Este es el fin, no me convence la genial estratagema de llevarme a mi misma en un divague cerebral al punto de comienzo, será una estrategia divina o diabólica. Será que esto no sucedió, que este vertedero de palabras no es más que un sueño transcripto en simultaneo a una ensoñación. Estoy desierta de eso no hay duda pero estas palabras parecen escribirse solas. ¿Dónde está Dios cuando no lo encuentro? ¿quién se fue, él o yo? me encuentro con él Cada vez que me encuentro con el mundo y se abre una cuarta dimensión, única e irrepetible, que forma una red de mundos que se llaman átomos cada mundo es un átomo. Porque en definitiva ¿que diferencia hay?, es solo una cuestión de perspectiva, ¿existirá una realidad independiente de la perspectiva y la combinación? `

Hay un encuentro humano, un encuentro de alma a alma que supera el entendimiento, y que no logro reconocer des prejuiciadamente, hasta dónde el prejuicio no es conocimiento previo, que hago con mi prejuicio frente al encuentro con el hecho prejuzgado, dejo en libertad un actuar que no se vea condicionado por sus experiencias pasadas. Pero ¿y el aprendizaje?, ¿el compromiso?, lo que se sostiene en el tiempo es la vida en esta tierra, y cuando esa ley fundamental de sostener en el tiempo ese pensamiento que crece evolutiva, no tumoralmente, se quiebra, no logra el pensamiento humano libre, echar raíces para sostener la fuerza de ese pensamiento libre y por consiguiente verdadero y en el mejor de los casos caerá en brazos de algún estandarte obsoleto. El tiempo, el tiempo sostenido, ¿donde encuentro eso? no es fácil de obtener como los rencores y los malos sentimientos, esos me los gané por merito propio me siento como Abel, un espíritu pasajero, que pudo con Dios pero no con el hombre, y sí que lo intenté. Porque sentirme pecadora, no me ayuda a ser mejor persona, me frustro y me rindo fácilmente, tan poco gané en perseverancia. Debería empezar por distinguir mis triunfos, para desterrar el pecado de la autocomplacencia, se me otorgaron los dones de amar y pensar, ¿cómo los conseguí? Son muchas las variable y todas poco probables, no es este el camino que me conducirá a descubrir como ganar aquellos atributos que no tengo, o quizás sea como deshacerme de los ingratos. Deshacerme de la envidia sería el primer paso sin duda. Pero de a poco la envidia exiliada me despoja de pensamientos, y pienso; (haciendo caso omiso al obsecuente oxímoron) entonces que quizás mis pensamientos no son tan libres como creía... No...

Pero mis pensamientos son el fundamento de mi vida como los hombres son el fundamento de Dios que con la fuerza de su pensar nos creó a través de la palabra en simultaneo kairos. Esa es la idea que prima, la hipótesis y la conclusión, ya no tengo dudas, mi pensar libre me lleva a la verdad y tengo la convicción, la fe férrea de que así es. No mas dogmas, estoy en mis manos ahora, ahora el vértigo, voy sola hacia el abismo, y: *salta que la red aparecerá*, porque sea lo que sea que aparezca, esa es la red. Porque las fuerzas de tu pensamiento forjan el mundo pero la fuerza de los Dioses, inclinan la balanza a tu favor, mientras los humanos no logremos encontrar el equilibrio, a hierro y espada Micael no descansa. Por que si no aparece el abismo ya no se donde está Dios

Adentro mío el mundo es otro

Adentro mío no hay leyes, ni orden, ni piedad

La realidad se desdibuja,

hay zonas oscuras,

pánico en las noches

y una fuerte sensación; de que mis pensamientos construyen el mundo

La puerta

Se encontró una moneda de dos pesos en el bolsillo y creyó que estaba en un universo paralelo. Fue y se lo dijo a Maxi que le recordó que las habían puesto en circulación unos meses atrás. Silvio, incrédulo, volvió a guardar la moneda en la campera. En cuanto llegó Renata decidieron salir

-¿Sabías que sacaron las monedas de dos pesos?-

-Sí, salieron hace un par de meses-

Silvio se tranquilizó al corroborar la información.

Caminaron más de quince cuadras, pero cuando llegaron ya era tarde

-Te dije que nos tomemos un taxi- Refunfuñó Silvio

-Y yo te dije que estoy sin dinero, si vos querés tomarte un taxi tenés que trabajar, es así para tomarse taxis hay que trabajar.- Silvio miró a Renata. Quien, una vez más, constató lo dicho por Maxi.

-Sí, es así Silvio, si querés tomarte un taxi tenés que trabajar-

Habían llegado y era un lugar extraño, no podría decirse que fuera un edificio o un galpón. Tenía un alto nivel de deterioro pero todo parecía funcionar correctamente, tocaron el único timbre visible y sonó una chicharra que abrió la puerta, nadie apareció. El espacio interior resultó ser tan indefinido como el exterior, con el mismo nivel de deterioro y funcionamiento, solo que desde adentro todo parecía más pequeño. Llegaron a un vestíbulo que parecía ser una sala de espera, sin personas, con dos sillas y ocho puertas, ninguna tenía número, ni letra, ni bandera, y eran todas; exactamente iguales. Renata y Maxi miraron a Silvio y este diligentemente abrió una.

-Es acá- dijo y entró. Los otros le siguieron.

Adentro, un grupo de veinte personas estaba sentada en un círculo de sillas. Una de ellas hablaba de experiencias muy personales. Los tres amigos e acercaron al grupo, tres sillas libres distribuidas alrededor del círculo parecían estar esperando. Silvio dio un par de vueltas a la ronda hasta que uno de los participantes se paró y le dejó la silla contigua a la de Maxi. Silvio se sentó.

La mujer, muy rubia, muy blanca y esmirriada, que estaba hablando cuando entraron dijo:

-Estoy perdida en un cosmos metafísico y no puedo tener una percepción clara de la realidad

- Que pretenciosa - comentó Silvio por la bajo, pero todos lo escucharon

- Así me siento -

- mmm, no te creo- contestó Silvio socarronamente y miró para otro lado, la joven esmirriada se angustió aún más y no volvió a abrir la boca. Renata se levantó, dirigiéndose hacia la puerta, intentó salir pero no pudo. El moderador del grupo, un hombre joven con gran cantidad de cabello y una barba abundante le llamó la atención.

- Disculpame, no te podés ir, ¿Cuál es tu nombre?

- Renata -

- Este es un lugar y un momento para estar. Acá y ahora.

- Sí, pero yo me tengo que ir-

- Porque - Exclamó Silvio indignado- no mientas, no te tenés que ir

- Sí Silvio, me tengo que ir -

- ¿Es la primera vez que vienen? - Preguntó la jovencita esmirriada curiosamente recompuesta, que estaba sentada al lado de Maxi.

- Sí, ¿no es esta la primera reunión? -

- Bueno, sí, para ustedes es la primera -

Renata seguía atrincherada en la puerta que no lograba abrir, miró a su alrededor y descubrió que, al igual que en la entrada, había ocho puertas dispuestas simétricamente alrededor del salón, también sin número, ni letra, ni bandera y eran todas exactamente iguales.

- La puerta no se abre hasta que termina la sesión- Dijo el moderador mientras se acercaba a Renata que aún intentaba abrirla. Silvio se rió.

- De que te reís-

- No te podés ir-

- Vos tampoco-

- Pero yo no me quiero ir-

- Pero si quisieras-

Maxi intervino dirigiéndose al moderador.

- ¿A qué hora termina?-

- A las ocho -

- ¡faltan seis horas!- Exclamó Renata horrorizada

- sí, no es mágico el tratamiento lleva su tiempo -

- Nosotros vinimos por el viaje, no por el tratamiento -
- ¿Qué viaje? - preguntó el moderador con curiosidad -
- El viaja a Egipto- Respondió Renata -
- Ahhh... se equivocaron de puerta! -

Maxi con una mirada fulminante a su amigo lo convino a salir con ellos. Silvio aceptó de mala gana pero el moderador volvió a insistir
- Las puertas se abren a las ocho. -
-Tengo que ir al baño- manifestó Silvio que ya estaba de pie
- Allí hay un baño - señaló alguien
Maxi quiso acercarse a Renata, pero la jovencita esmirriada lo retuvo a su lado. Maxi viéndose imposibilitado de desligarse de la joven angustiada que lloraba en su hombro, se quedó sentado.
- No sos pretenciosa, para nada, yo te entiendo, todos en algún momento nos sentimos perdidos en el cosmos metafísico- La jovencita angustiada prorrumpió en llantos aún mas desconsolados. Renata quizás contagiada por el llanto de la joven esmirriada o quizás por su propia angustia del encierro también se largó a llorar. El moderador, un tanto excedido, invitó a Renata a que comparta su estado de ánimo. Renata se sentó.
- Cada mañana que me despierto no se quien soy ni para que soy así, me gustaría ser de otra manera, como siempre me gustó, no entiendo por que soy así-
- Vos siempre fuiste igual Renata, y siempre fuiste esta- respondió Maxi con tono de hartazgo
- Y vos que sabés-
- Porque te conozco desde siempre-
- Sí pero no me conoces todo el tiempo-
- Y justo en el tiempo en que no estoy con vos sos diferentes.
- Y sí porque soy así con vos, soy así por tu culpa.
- A mi me gusta como sos - Dijo Silvio y abrió a la puerta que lo conduciría al baño. Maxi, logrando librarse de la jovencita esmirriada salió por la misma puerta. El grupo se alborotó, algunos se levantaron a tomar café otros conversaban entre sí y otros caminaban dentro del salón, como si fuera un paseo de compras. Renata confundida se dirigió hacia otra de las puertas que, afortunadamente no estaba cerrada, la abrió

sigilosamente y se encontró dentro de un laboratorio en el que reinaba el más absoluto silencio, también había allí ocho puertas dispuestas simétricamente, sin número, ni letra, ni bandera, y eran todas; exactamente iguales. Atravesó el laboratorio, suspendido en el tiempo, por la pulcritud del lugar no parecía estar abandonado, pero tampoco daba la sensación de que alguien hubiese entrado allí en la última década. Abrió la puerta que se enfrentaba a aquella por la que entró, del otro lado del umbral encontró una maravillosa colección de mariposas y también ocho puertas distribuidas simétricamente, sin número, ni letra, ni bandera, y eran todas exactamente iguales.

volvió a atravesar el salón, esta vez con mayor celeridad, y nuevamente atravesó la puerta que tenía enfrente, fue grande su sorpresa al encontrarse con Maxi y Silvio sentados ante una desproporcionadamente enorme mesa llena de comida. Comían.

Era un salón muy grande, más grande que los anteriores y en la mesa se encontraban muchos platos de comida elegantemente servida y aparentemente muy apetitosa, Silvio y Maxi comían con avidez. En el comedor había también ocho puertas distribuidas simétricamente, sin número, ni letra, ni bandera, y también eran todas exactamente iguales. Renata se acercó a la mesa.

- No encontramos el baño- aclaró Maxi, que parecía haberse entregado a aquel laberinto y disfrutar parsimoniosamente de su comida

Renata no respondió ni se sentó a comer. Pensó que todo era muy extraño y que quizás no fuera otra cosa que su imaginación y que de ser así tenía una imaginación muy retorcida. Silvio interrumpió sus pensamientos:

- Y yo que te puedo decir, es real, tanto en la realidad como en tu imaginación-

Renata lo miró con desconcierto y este continuó:

- tenés que fijarte en las leyes físico-químicas, que no se cumplen de la misma manera cuando de imaginación se trata.

- Bueno este lugar es bastante extraño pero no rompe con ninguna de las ley físico-química-

- Rompe las leyes del sentido común- Intervino Maxi que seguía comiendo con fruición

Renata sin responder se dirigió hacia una de las puertas que intentó abrir infructuosamente, luego siguió con otra y otra, finalmente logró abrir la última que daba a un angosto pero extenso pasillo, en el que no había ni puertas ni ventanas, ni cuadros ni señales. Renata entró con precaución y curiosidad. Caminó anhelante en la dirección establecida que era siempre la misma. Renata caminaba pausadamente en lo que parecía un pasillo eterno, no tenía reloj pero caminó largo rato sin duda perdió de vista la puerta que había quedado atrás en el mismo instante en que pudo vislumbrar la puerta que la esperaba delante, demoró en llegar el mismo tiempo que en irse. Una vez abierta, sintió alivio y también sintió el terror que le hubiera generado encontrarla cerrada, pero ya estaba afuera, afuera fuera, en la calle, llena de desconcierto vio acercarse a dos personas que efectivamente eran Maxi y Silvio caminaban por allí, casi como de casualidad. Renata consternada se sumo a la marcha

Comentaban algo sobre las nuevas monedas de dos pesos, Silvio miró incrédulo a Renata que confirmo la información con una sonrisa

-sí, están por sacar las monedas de dos pesos-

Cloe, una niña mala

Se alimenta de amor
Exuda resquemor
Deja atrás una huella de furia
Que rocía con dolor
La huella marca un surco del que florece una flor.

La flor es una rosa
Roja y envidiosa
Roja de envidia y de pasión
Pasión por el dolor
Envidia de la flor
De su acabada perfección
Del amor que ahoga.
Que alimenta con espinas
La razón

Desde niña, Cloe había sido muy mala, su cabecita había desarrollado una creatividad extraordinaria para burlarse de la gente, hacer bromas pesadas y una gran capacidad para adjetivar de modo hiriente, sus padres sufrían por esto una enormidad y se consideraban responsables a pesar de no fomentar en manera alguna aquel comportamiento. Cloe se sentía sola pero no reparaba ni remotamente en su propia responsabilidad, no comprendía, ella simplemente hacía uso y abuso de una honestidad brutal, y una gran capacidad de observación crítica, no era fácil hacerle comprender su error, que refutado con una lógica inapelable, a la módica edad de ocho años, se refugiaba en argumentos como la verdad.

A los trece quizás demasiado tomado por las hormonas, su pensamiento lógico fue menguando para alegría de quienes la rodeaban y un pensar más intuitivo le permitió descubrir que la verdad puede ser más de una y en ocasiones bastante flexible. La intuición le ganó a la razón y casi sin quererlo cambio de actitud. Comenzó a mirar el mundo de otra manera y a ser relativamente feliz. Tuvo que apelar a la falsedad de sus sentimientos, auto engaños y concesiones pero con el tiempo se acostumbró, logrando poner en automático ese ser encantador que surgía cuando se daba algún encuentro merecedor.

Algunos, quizás los que la conocían mucho o aquellos con una gran percepción, podían reconocer cierta tensión en su mirada, la tensión de quien reprime su verdadero ser y todo es pretender. Esta personalidad cautivadora que había logrado desarrollar se fue incrementando con los años, acompañada de una gran inteligencia, la llevaron por el buen camino, o mejor dicho por el camino del éxito.

El éxito trajo poder, el poder dinero y el dinero amigos. Ya no se sentía sola. Seguía luciendo su ser encantador cuando era necesario pero secretamente, muy secretamente, se fue llenando de odio. Hubo curiosos indicios, que logró soslayar pero ese modo de ser antiguo que permaneció latente por varios años, ese que muchos creían desterrado, subyacía allí, detrás de cada sonrisa, de cada palabra amable, de cada favor.

En pequeñas acciones se iba vislumbrando cada vez más aquella saña escondida, un día se descubrió a si misma matando cucarachas con morbosa excitación que no intentó disimular y no tardó en llevar sus instintos asesinos cada vez más lejos y cada vez con mayor perversidad,

Si tuviera un conciencia, una que aflora y grita desesperadamente en nombre de la moral, sería un poco más complicado. Y una vez más Cloe se enfrento a esa interna dicotomía teórica, por que aquel sentir moral no se hacía carne en ella, entre la noción clara y consiente de un acto de maldad y el impulso luciférico de hacerlo de todos modos. Con lucidez distinguía los extremos de su ambiguo comportamiento. Pero vale aclarar que la moral que ella lograba discernir era un comportamiento aprendido, una capacidad adquirida casi de memoria, en cambio el deseo de maldad salía de sus entrañas con una honestidad brutal.

Cloe detuvo en el tiempo su accionar e intentó reflexionar acerca del bien, la verdad y la justicia. Pero resulto ser que aquellos términos se la aparecían bastante relativos, no encontró el correcto proceder desde este encuadre lógico, y quizás el de la lógica no sería el encuadre más apropiado, pero aquel era su único paradigma de conocimiento. Pensó en darse por vencida y dejar de lado las relaciones, pero lo cierto es que no dejaba de anhelar que la quisieran, era insoportable y querendona, ¿lograría se querida sin dejar de ser quien era?.

Un día encontró esa persona a la que le resultaba atractiva su brutal sinceridad, pero Cloe en un acto de pasión frente a su propia intolerancia, la mató a sangre fría.

Ya nunca más estuvo sola, la prisión fue su hogar y allí no había una verdad a la que permanecerle fiel, no había certezas ni moral, había que sobrevivir, sea como sea.

El objeto perdido

En el tercer cajón de la escritorio de su estudio, Miguel guardaba su lapicera, el lapiz, el cuaderno y el diccionario, también tenía goma, sacapuntas y lápices de colores una regla, un compas y dos abrochadoras, por si una se rompe. Todos los días, a última hora, luego de terminar sus transcripciones, depositaba todo en el tercer cajón del escritorio de su estudio, pero un día en que lo necesitaba, no encontró el sacapuntas. Uno por uno, indagó en los habitantes de la casa. Nadie lo había agarrado ni sabían nada sobre aquel objeto perdido. Ni siquiera lo habían visto.

Buscó por todos los cajones del escritorio del estudio, por todos los escritorios de la casa y no encontró nada. Revisó el piso, bajo la alfombra, miró detrás de los muebles y entre los almohadones del sillón, pero el sacapuntas no estaba en ningún sitio.

Llamó a su mujer en privado y le trasmitió su preocupación. Ella, que siempre fue muy considerada, le compró un sacapuntas nuevo de regalo, mucho mejor que el anterior. Pero Miguel no logró calmar su inquietud e incertidumbre al respecto. No era así como Miguel resolvía las cosas, porque, sí, podemos comprar un sacapuntas nuevo, pero, ¿dónde está el viejo?, el que estaba guardado en el cajón y ahora milagrosamente no está.

Miguel pasó uno o dos días sentado en su sillón mirando el escritorio, tratando de comprender, cómo es que algo que había estado en un lugar, de repente y como por arte magia, ya no está.

Miguel cayó en estado depresivo.

Su mujer, su madre, la cuñada, y un vecino, se mostraron preocupados por su ánimo decaído a lo que Miguel solo podía replicar:

- Sí, suena absurdo preocuparse por un pequeño objeto que desaparece, pero más absurdo aún es quitarle importancia al hecho por la nimiedad del elemento porque entonces estaríamos avalando la existencia de seres mágicos elementales, que desaparecen objetos, lo que es casi como pensar en la existencia de una realidad paralela por el simple hecho de no poder comprender la realidad que nos circunda. Si permitimos que sucedan, sucesos susceptibles a percepciones subjetivas tratándose los mismos de objetos objetivos, estamos sin duda acreditando la existencia de un mundo fantástico - y eso para Miguel era impensable.

Todo esto sucede porque los objetos que tienden a desaparecer, acostumbran ser insignificantes y fácilmente reemplazables. Miguel, no cree en la insignificancia del objeto, sino en la importancia del hecho, que vendría a ser; la desaparición. Y como Miguel no admite la existencia de magia alguna ni de seres elementales y sí en un devenir lógico de los acontecimientos que se suceden dentro de los parámetros de tiempo y espacio en el que la mayoría de los mortales convenimos desenvolvernos. Miguel le dio a este hecho, más importancia de lo que cualquier ser humano promedio le hubiera dado.

De *motu proprio*, decidió recluirse en señal de protesta frente a la realidad que hoy se le presentaba ante sus ojos, ya que no era la que él había respetado y, prácticamente, venerado en su cincuenta y ocho años de vida. Podríamos tranquilizar a Miguel haciéndole ver o quizás entender la posibilidad de que no es el objeto el que desaparece, sino uno que no logra encontrarlo, pero este planteo para Miguel resultaba insustancial, o simple dialéctica metafísica. Un objeto ubicado en determinado tiempo y espacio que se busca, con metodología y responsabilidad, y no se encuentra, es, indefectiblemente, un objeto perdido.

Hornos

Nos llevaron a todos juntos, no pude ver dónde estábamos cuando todo comenzó, pero más difícil resultaba saber hacia dónde íbamos. El silencio a mi alrededor era más ensordecedor que los gritos en la distancia.

Todos apretujados y a montones caminabamos a tientas, apenas podía mover mis pies para dar pequeños pasos. Permanecí con los ojos cerrados, sostenida por la multitud; cuando me estaba acercando a nuestro lugar de destino tuve un instante de necesidad imperiosa. Levanté mi cabeza para respirar, abrí los ojos y mire al cielo. Antes de entrar, pude ver una gaviota atravesando la boveda celeste, como suspendida en el aire, sentí mi cuerpo nutrirse de oxígeno y una vaga idea esperanzada.

Luego, detrás de mí, las puertas se cerraron.

Veo un cuerpo dividido,
un país desgarrado

Oigo los pasos silenciosos de quienes buscan verdad
los gritos sordos de los que añoran justicia

Huelo a discursos podridos
huelo el terror

esta tierra no me toca ni me habla

Cuando la memoria deviene rencor
¿Cuándo?
Cuando el dolor se vuelve traicionero
¿cuándo?

Cuando en lugar de escuchar a Dios te toca el diablo

La noche más oscura

Tan llena de horrores está la noche que el dormir se vuelve implacable. Los eternos insomnes, suelen ser eternos y la limitación, la medida de sus decisiones. Por eso La señora R. trabajaba de noche para no enfrentarse al fracaso más brutal, dormir. Dormía, en las horas no adecuadas. Le era particularmente fácil hacer lo no adecuado y también dormirse después de dos, tres o cuatro pastillas. De todos modos las pesadillas la sobrepasaban y el dormir pocas veces resultaba placentero, pasaba largas horas infinitas frente al televisor, su mundo aún no había sido invadido por las redes sociales, no estaba en su idiosincrasia eso del chateo y la Internet, la suya era una actitud más sosegada, prefería entregarse a la pantalla y que ella se ofreciera sin interacción de ningún tipo, ese era el sentido de la pantalla, que no requiriera de ella la menor reciprocidad, en un continuo dar, puro y desinteresado.

Las dosis de somníferos fue aumentando sin conciencia, considerablemente a lo largo de los años, pero a la señora R. no le preocupaba su salud más que sus pesadillas, que cada día se hacían más reales, sobre todo más y más enrevesadas, por lo tanto menos susceptibles de elaboración alguna.

Elaboración o no, las pesadillas de sus sueños, temerarios personajes, lugares y situaciones, invadían la vigilia con certera lentitud. Al principio la confusión era espantosa, requería esfuerzos de concentración sobre humanos, distinguir realidad de fantasía, lo importante era reconocer lo que es y lo que no. Con el tiempo fue concibiendo patrones que volvían fácilmente discernibles los eventos; *esto está sucediendo ahora, esto sucedió en mis sueños y aquello podría estar por suceder...* Sí, había algunas situaciones no pertenecientes a un mundo ni al otro, que por alguna razón ella lograba ubicarlas en un tiempo y al no formar parte del recuerdo eran ubicadas en el espacio de lo que aun está por suceder.

A la señora R. no le interesaba ese ámbito de lo desconocido mientras reconociera lo real.

Y así pasaba las horas, los días y el tiempo, entre su bendita televisión, su trabajo solitario, las pastillas y los sueños.

La señora R. trabajaba de noche, sola y encerrada, la acompañaban ahora, los personajes de sus pesadillas y ella, ya acostumbrada, los dejaba estar, ignorados, la mayoría de las veces. El lugar se transformaba cada tanto, pero ella sabía siempre donde estaba. Con solo prender la televisión lograba desentenderse de ellos, si el lugar se volvía demasiado escabroso, en cuanto el aparato se encendía, el lugar, rápidamente, volvía a ser el mismo, ese mundo representado desaparecía al instante, aturdido por noticias, música de último momento o algún juego de entretenimientos. La señora R. enseguida volvía a sus tareas habituales sin mayor contrariedad.

A lo que ella verdaderamente le temía era al fatídico mundo de los sueños, allí donde era transportada cada vez que se dormía. Allí se concentraba el horror del que no se puede escapar. Intentó no dormir, y lo logró durante tres días, pero entonces su capacidad de discernir comenzó a menguar, la propia realidad despierta se entremezcló con el horror y esto resultó aun peor que soñar. Intentó dormir menos, pero en el mundo de los sueños el tiempo no existe, una vez que entras en ellos vivís allí la eternidad. La señora R. llegó a la desesperación, hasta el dolor, cada hueso, cada fibra, cada órgano; cada músculo cada apéndice, cada miembro, sufría un inexorable dolor crónico, sus sentidos comenzaron a fallar, ni el trabajo ni la televisión lograban ahora modificar su triste realidad, ya no había escapatoria, todo se había vuelto excesivo, las pastillas, los estímulos, el dormir y estar despierto. Ahora los personajes de sus pesadillas y los lugares escabrosos eran la realidad, la única percepción de sus ya deteriorados sentidos. No había futuro ni presente, solo eterna fantasía.

Finalmente presa de la desesperación, se colgó del balcón, y vaya uno a saber si la muerte no terminó resultándole el mismo infierno.

Rocco y su rara aversión a la mentira,

La verdad no existe

nunca busco lo que encuentro,
nunca digo lo que pienso,
nunca hago lo que quiero.

Y no por que no pueda
sino porque no puedo
porque soy mi propia víctima,
que disfruta siendo victimaria .

Entonces Rocco era una persona normal, con sus correspondientes singularidades, porque podríamos pensar que no se puede ser normal sin ser honestamente uno mismo, de otro modo entraríamos en una paradoja de la cual es difícil salir, por lo que considero más apropiado no entrar.

Pero las singularidad más particular de Rocco era su creencia, o mejor dicho su capacidad de creer, en realidad creo que el término adecuado sería credulidad. Rocco era poseedor de una credulidad poco común. Capaz de comprender ironías, sarcasmos y metáforas, creía en todo lo que le dijeran con intención de ser veraz, y así Rocco, creció creyendo.

Con el tiempo, comenzó a notar ciertas discrepancias entre la realidad de los hechos y sus correlatos. Poseedor de una inteligencia digna, con capacidad reflexiva, deductiva y creativa, se le escapaba a su comprensión el por qué de semejantes discrepancias. Se sintió frustrado, y con el tiempo fue desarrollándose cierto resentimiento en su fuero más interno, le carcomió los huesos dejándolo paralizado y se aisló de la gente que sin saberlo le mentía, después de eso se sintió solo.

Quiso encontrar una salida a su peculiar malestar. buscaba la verdad en cualquier rincón de algún alma humana, hasta que un día la encontró; una verdad reveladora, una verdad real de aquellas que generan certeza :

No creas en todo lo que te dicen.

Porque la mentira está instaurada y la verdad no es algo que debamos dar por sentado.

Rocco, tuvo un momento de estupor y cuando pudo volver en sí pensó:

Hay mentiras piadosas, las que lo son por omisión y las mentiras a medias, mejor conocidas como medias verdades, no todas deben medirse con la misma vara, aunque siempre, siempre, las mentiras encuentran el sentido de su existencia. Es difícil discernir lo que vale la pena ser dicho en nombre de la verdad o lo que debe mantenerse oculto por el bien de otros, sí, es difícil saber qué decir y qué callar, pero de algo estaba seguro, convencido, de algo no tenía la más mínima duda ni vacilación y eso es que si todos, absolutamente todos los seres humanos del planeta desde nuestro más profundo ser, en todos los espacios y en todos los tiempos dijéramos siempre la verdad, para bien o para mal este mundo sería otro.

Menudencias

Desmenúzome, allí dentro parece una ciudad en llamas, quedan solo pedazos, herrumbre y un destello, es confuso a la distancia pero lo veo, lejano, algo se eleva torpemente, se resiste a morir. Es grande ocupa mucho espacio y aplasta todo, todo lo que lo rodea.

Consume el aire y sin oxígeno el fuego se extingue, humo, hedor y un destello que crece y deja de ser destello para convertirse en resplandor y por mas que lo intente con ahínco y convicción, aquel resplandor aquella luz que no ilumina mas que a si misma, se niega a olvidar.

Adentro del círculo

Tus ojos solo ven la superficie de la realidad,
tus ojos me tocan la piel pero nunca el corazón,
tus ojos me pinchan, me arañan, me esquivan....
La piel se extiende en mi infinito,
Nunca acaba, nunca empieza
Mi corazón no tiene tacto.
en mi superficie surge lo profundo
Tus ojos solo ven la superficie de la realidad

Cuando algo no me gusta, me voy, perdí muchas cosas por eso, pero no lo puedo evitar, siempre al final me voy. Creo que en el fondo quiero irme, lejos. Escaparme del abismo de este mundo tan inabarcable que me ahoga. Es como un vicio, una adicción a pensar en la inmensidad, y eso duele, pero ahí me encuentro. Por que a veces no entiendo lo que pienso y eso me desespera. Después de muchas noches de imsomnio, y algunos episodios poco felices fui a ver al psiquiatra y al parecer algo no andaba bien porque decdió internarme. Yo acepté, por supuesto, hacía rato ya tenía la certeza de que algo no andaba bien adentro mío pero me era imporsible trasmitirlo, explicarlo, manifestarlo, comunicarlo. Por suerte tanta incomodidad me había vuelta adicta a los psicofármacos y eso era, ciertamente motivo de internación o por lo menos de atención. Así fue que ingresé en el círculo, así fue el principio del fin.

Me sentía como un alma en pena, y allí todos se sentían así. Dejé de sentirme única y comencé a sentirme acompañada. Después de una primera instancia de enojo y desconcierto, aparentemente comencé a hacer varios avances fue cuando el consejero me dijo que me trasladarían al círculo de mujeres, el círculo de mujeres era el más elevado de todos los círculos que trabajaban en la institución, era la puerta de salida. Fue algo sorpresivo y decidí que no, entonces hice los bolsos y comuniqué mi decisión: *Me voy, por que cuando algo no me gusta me voy...* El consejero comprendió, sintió mi penar y por eso me acompaño en la decisión, simplemente me explicó que si me iba ya no podría volver, nunca más. A pesar del dolor que me causaba, entendí las reglas del juego y me fui sin decir adiós, pero antes de terminar de salir me arrepentí. Nunca antes me había arrepentido de irme, porque yo, al final, siempre me voy cuando algo no me gusta. Entonces creí que me habían sanado y volví sobre mis pasos. El consejero al verme regresar, tomo mi mano y me acompaño en silencio al circulo de mujeres. Me sentí tan agradecida como desarmada para la tarea, lejos de estar a la altura de las circunstancias, pero pude contra aquella adversidad y esa mismo jueves por la noche comencé.

Unas y otras contaban desgracias, alegrías, inquietud y desconciertos que entre todas tratábamos, y en ocasiones lográbamos descifrar. Éramos siete mujeres más él. Nos contábamos todo, de manera confidencial, parte del trabajo era desarrollar la confianza.

aunque yo no lograba guardar ni uno de aquellos secretos, los gritaba a los cuatro vientos en cuanto tenía la oportunidad, de todos modos, nadie me escuchaba porque hay como una tendencia en la que nadie me escucha, por eso sabía de mi prerrogativa de decir lo que se me pasara por la cabeza y lo hacía simplemente por resentimiento hacia la raza humana y principalmente en su representación femenina.

Todo lo que se decía en el círculo me penetraba los oídos sin juicio ni preconceptos, sin filtro alguno, yo lo sabía todo, pero no decía nada, nunca en el círculo, allí no me fiaba, solo confiaba en él consejero, aunque mayormente mentía mucho y contaba poco. Ellas eran tan perfectas que sus problemas hasta tienen solución, jamás entenderían mis falencias. Pensarán que estoy obstinada en el sufrimiento y así es.

Comencé a sentirme agobiada y el agobio se convirtió en ahogo, era demasiada hipocresía y no tolero la hipocresía ajena, con la propia me alcanza y sobra. Manifesté mi disconformidad y lo tonto de sus problemas. Amenacé con irme sin compromiso de confidencialidad, entonces el consejero me explicó nuevamente que debía permanecer y permanecí, sin saber porque, pero así lo disponían. A desgano, permanecí

Seguí yendo todos los jueves por la noche. Cada vez hablaba menos pero escuchaba más, algunas veces ni siquiera abría la boca y como me miraban poco, hasta yo misma comencé a dudar de mi presencia, mi cuerpo allí no denotaba su existencia. Sin embargo estaba más presente que nunca. Me convertí en espectador, me volví invisible y escuché, escuché tanto que oí mas allá de las palabras, más allá de las ideas, escuché sus pensamientos sin que ellas supiesen que pensaban y como aquello era una abstracción tan grande, no sabría decir si era real, pero me pertenecía.

Escuché hablar de negros, drogadictos, de gente que no sabe lo que hace, ni para qué, escuché hablar de ellos con desprecio e indignación y las cosas son distintas cuando uno escucha sin hablar. Empecé a pensar que tenían razón, que aquella raza de infrahumanos no debería vivir, ni convivir con algunos y como yo soy infrahumana, se muy bien porqué, pero él creía en mí y quiso que yo también creyera, no sé por qué, pero hizo mal. Creo que por creer en mí me llevó al más selecto de los círculos, el de mujeres, será porque piensan que soy mujer, aunque todavía no estoy segura de ser persona. No se los voy a decir y me parece que no se dan cuenta. La gente bien se autodefine, se enmarca donde corresponde, no genera dudas sobre sí misma y menos sobre su procedencia, tienen sus objetivos claros y se manifiestan con claridad, en cambio yo, pervivo en la confusión eterna.

Una noche, una de ellas comenzó a mirarme, cada noche me observaba más que de costumbre, me escudriñaba disimuladamente y bajaba la mirada cuando yo la veía. Me quedé escrutándola toda la reunión para ponerla en jaque, se desesperaba por mirarme pero no se atrevía, finalmente desistió. Después me arrepentí, ¿qué querría su mirada? Si no la hubiera inquirido, tal vez me habría enterado, pero la miré y rompí el hechizo, nunca más me volvió a mirar y yo no pude saber pero no estaba a mi alcance saber si sería del destino, si el pasado hubiera podido ser otro. Por eso dejé de lamentarme, por lo que pudo, o no, ser.

> Fue como una intuición. Una de ellas lo sabía, por extraño que parezca ella sabía lo que iba a suceder. Poseía un conocimiento tan elevado, y fútil a la vez. Una especie de predicción del futuro. Demasiado confusa al principio, demasiado tarde al final y demasiado intrascendente la mayoría de las veces. Yo sabía que ella presentía lo que iba a suceder, pero no se lo dije porque ella no sabía creer en esas cosas. Aproveché para escuchar sus palabras de sabiduría, palabras que en el presente no tenían asidero, pero en otros tiempos serían la respuesta a interrogantes esenciales. Nadie sabía la pregunta futura para la que aquella respuesta era certera. Una vez más, sabía de algo esencial, que aún no era real.

Interrumpí por primera vez en doce encuentros y todos hicieron silencio, él sobre todo, no solo me escuchó sino también me miró. Pero luego de interrumpir descubrí que en realidad no tenía nada que decir, entonces dije:

- Al que nace barrigón es añudo que lo fajen.

Una semana después de mi intervención poco feliz me enviaron nuevamente al círculo de los lunes por la mañana, el primero y más básico de todos. Me faltaba escuchar tanto y tan poco para entender.

Me desilusionó aquella decisión. Él lo sabía pero no podía hacer nada. Era su deber y obligación mantener cada círculo en su propia órbita sin permitir que ideas inapropiados penetren en círculos equivocados, cada uno tenía su razón de ser y un deber que cumplir.

Me costó perdonarle aquello pero finalmente no pude evitarlo. Después me acostumbré, porque en otros círculos había varones y eso para mí era un alivio. Se me recomendaba no rodearme solo de mujeres.

Pero él dejó de estar y yo dejé de creer incluso en mis propias ideas, entonces manifesté lo inevitable, cualquier cosa era mejor que aquel abismo.

Todo comenzó aquella tarde en la que se miraron a los ojos más tiempo del que corresponde y los dos se incomodaron. Fueron demasiados movimientos los que hicieron para romper la simetría del encuentro pero cada vez se hacía más difícil para ella y aunque se sentía correspondida sabía que no podía ser verdad.

Como toda mujer se sabía medio bruja y por eso se alejó lo suficiente como para no provocarle el deseo, como toda mujer se sabía incapaz de resistir la tentación y pronto volvió a estar cerca, pero él nunca supo calcular la distancia.

Era dueña de pasiones arrebatadas, un día dejó de sufrir y fue tan doloroso alejarse del dolor que comenzó a odiar para no aferrarse más a nada. Pretendía amar al mundo sin amar a la humanidad. Desarrollar, de esta manera, la tolerancia a la frustración.

Entonces pensó en decírselo, aunque todo se destruya. Porque cada sensación de desesperación menguaba si algo era arrastrado junto a ella hacia el abismo de sus emociones, si se lo hace saber ¿qué harían después con eso?, ¿podrán hablarlo mirándose a la cara?, ¿podrán tener la suficiente madurez para contenerse en la noción de saberse amados? Entonces podrían compartir lo que les pasa y no actuar en consecuencia, mirarse a los ojos sintiendo lo que sienten. ¿Podrán volver a mirarse a los ojos? Podría no decir nada y que el tiempo se lleve todo. De cualquier manera quebrantaría su lealtad, hacia sí misma. Al hablarlo se realiza, ¿cuál puede ser la respuesta que aplaque tantas emociones?, ninguna es satisfactoria, y es un sentimiento tan hermoso el que persiste en no desaparecer. Puede guardar el amor que siente como un tesoro para sí misma, sin que él importe, pero eso se convertiría en adoración adictiva, un amor un tanto errado, pecador y corrosivo.

Entonces se lo dijo. Un día sin pensarlo, habló, sabiendo se iría para siempre, era inadmisible para la institución y su castigo sería el destierro, pero ella arremetió con la verdad, un arma de doble filo.

- Te quiero decir y no sé cómo. Tengo el valor de hacerlo pero temo las consecuencias que conlleven mis palabras. Trataré de hacerlo dando muchas vueltas en vez de ser clara y concisa. Lo diré de manera abstracta evitando nombrar lo que no debo pronunciar, aquello que diría si no hubiera un instante posterior en el que las palabras ya no están y solo su significado infinito y mutable quede flotando en el espacio a través del tiempo.

No sé qué hacer aunque debería no hacer nada, no me puedo quedar quieta. Pienso en vos cuando pienso, pero si no pienso te imagino y no quiero saber lo que me pasa pero no deja de pasar. Cuando te miro y cuando te escucho. Cuando te veo y me miras, me estremezco, imagino tu mirada irradiando eso que siento y me inunda en el alma. No es conmigo entonces, no es a mí, no soy yo y no sos vos. Es que no pasa nada y pasa todo al mismo tiempo, si el deseo se intensifica pienso en dejar de verte, pero cuando te siento parte no puedo alejarme. Es tan intensa la experiencia que sería mejor no tenerla nunca, no sé qué hacer con esto, si ya no te viera sería lo mejor y me olvidaría de todo.

La respiración se hace más lenta, disminuyen las palpitaciones y vuelvo a ver, porque se me nubla la vista cuando te pienso. Soportaría no verte, porque todo se soporta y hasta sería inmensamente feliz. Me enseñaste tantas cosas para tratar de entender, que ahora me lleno de una culpa de la que no puedo hacerme cargo, y qué culpa tengo de las cosas que nos pasan, si pasan más allá de cada uno, no hay libre albedrío en al vida emocional. No debería verte más, lo justo sería no verte si pudiera hacer justicia y ahora tengo tanto que perder si me quedo, y tanto si me voy.

No lo sabía pero ahora lo sé y no lo quiero sentir más, porque lo que nos une está en la distancia que mantenemos en el encuentro.

Treinta y tres palabras

Corubí miró fijo la estatua hasta que esta cambio de posición, se acurrucó sobre el césped a la sombra de la misma y dejó que su cuerpo en reposo se derritiera hasta desaparecer.

La pregunta

La arena quemaba los pies de los bañistas y mis pequeñas piernas corrían tras los largos pasos de mi padre que me llevaba tomada de la mano. Mi padre siempre daba largos pasos hacia delante, impetuosos en su afán desmesurado por avanzar hacia donde sea.

El sol ardía y la playa bullía de gente, ruido, calor y piel. Podía divisar el mar infinito tras la muralla de sombrillas. Apreté fuerte su mano, reteniéndolo, para llamar su atención.

-Papá ¿Existe Dios?-

-No-

En la arena una escarabajo patas para arriba trata de sobrevivir, la mano de mi padre se soltó y un pie descalzo hundió el escarabajo en la arena.

Cuando éramos niños estábamos tan cerca de Dios
y no lo sabíamos

Cuando fuimos jóvenes estábamos tan cerca del hombre
Y no lo sabíamos

Cuando fuimos grandes estuvimos tan solos
que nos dimos cuenta de todo

Gente cerca

Querida Dolores:

Cuando dos personas que se quieren dejan de hacerlo, Es algo muy triste y nos gustaría que no suceda. Pero pasa en todas las relaciones, aunque creo que suele ser especialmente doloroso cuando hay lazos de sangre de por medio. los sentimientos son traicioneros, no podemos confiar. Tu amor sigue intacto como el primer día. Es injusto decir intacto después de haber pasado por tanto y seguramente está lejos de ser como el del primer día. Pero sigue siendo amor, yo no siento amor. Lo que yo siento no se puede describir con una palabra tan profunda y tan completa que se regocija en su propia simplicidad, lo que yo siento está enrevesado como las tripas y enterrado dentro de ellas. Perdoname Dolores

Cariños, Sofía

Dolores leyó la carta tres veces seguidas, siempre había apreciado el espíritu poético de Sofía, le inspiraba compasión. Pero estaba tan lejos del sentido común que toda aproximación a lo racional resultaba trunca desde el vamos. Dolores estaba sentada en el sillón, terminando de leer la carta, doblo la con cuidado para volver a ponerla en el sobre y posteriormente en una cajita donde guardaba todas las cartas que le enviaba Sofía (eran muchas). Libertad estaba en la cocina poniendo una fuente de empanadas en el horno cuando Sofía irrumpe en el departamento con la mirada perdida y la respiración agitada, Libertad, que estaba ocupada, no prestó atención a su llegada pero Dolores fue rápidamente a su encuentro para saber que le pasaba

- ¿Que te pasó? -

- No sabés lo que me pasó-

- No, no se, ¿Que pasó? -

- No sabés lo que me pasó- Repitió con la mirada fija en el suelo y sin cambiar el tono de su voz.

Libertad dejó lo que estaba haciendo, se acercó a Sofía y la zarandeó como a un televisor descompuesto,

-Sofi, ¿que te pasó?- Sofía levantó la vista hacia Libertad y contestó con premura

-Lo maté.

Silencio, Dolores miraba de reojo a Libertad que miraba de reojo a Sofía que miraba el piso, hasta que levantó la vista para decir:

- El me atacó y yo lo maté -

- ¿Quién te atacó? -

- ¿A quién mataste? -

Preguntaron al unísono

- Al que me atacó lo maté, es la misma persona, ¿se entiende lo que estoy diciendo?-

- No Sofía, no se entiende nada -

- ¡Mataste a alguien! -

- Si, creo que si, pero fue sin querer, bueno, yo lo ataqué pero en defensa propia, él me atacó primero -

Las tres se quedaron unos segundos calladas hasta que Sofía rompió el silencio

- Si, me parece haberlo matado, no estoy muy segura porque me fui antes de cerciorarme. Me quiso robar la bicicleta, yo lo maté y me fui sin querer

- ¿Y que hiciste? -

- Me fui -

- Si, eso ya lo dijiste, ¿a dónde? ¿fuiste a la comisaría?

Sofía miró a Libertad consternada.

- No, vine para acá, como habíamos quedado, ¿te parece que tendría que haber ido a la policía?

- Y, no se Sofía, a vos que te parece- dijo Libertad mientras se dirigía hacia la cocina para sacar las empanadas del horno

- ¿Como lo mataste?- preguntó Dolores con morbosa curiosidad

- Con las tijeras, se las clavé en el estomago y quedó tirado en el piso, la sangre comenzó a brotar de su cuerpo como el agua de una fuente y comenzó a cubrir el piso, casi me toca los pies. Libertad que estaba escuchando se acercó y tomó a Dolores del brazo, la apartó de Sofía mientras dejaba las empanadas sobre la mesa, y le reafirmó la imperiosidad de tener que llamar a la policía.

Les llamó la atención que, cuando se lo plantearon, Sofía estuviera de acuerdo. Pero Sofía tiende a sorprender. Dolores no lograba entender como se podía ser tan honestamente imprevisible, llevar una vida relativamente normal y que sus actos, siempre, resulten inesperados. Ese era el encanto de Sofía o por lo menos lo era para Dolores, porque lo cierto es que no tenía muchos amigos, ni tampoco mucho encanto.

Es por eso, quizás, que Dolores toleraba sus cartas llenas de desplantes, de las cuales Sofía se olvidaba una vez entregadas en el correo, y Dolores, una vez que las guardaba en la cajita. Solía mandarle una o dos por mes, a pesar de vivir a 10 cuadras de distancia y del auge de Internet. Algunas hablaban de su falta de amor pero en su mayoría, solían ser una especie de alabanza desmesurada hacia Dolores y sus buenas intenciones, porque Dolores era una persona buena, de esas que hay pocas en el mundo.

Sofía y Dolores son primas hermanas, y no tienen muchos más parientes. Sofía conoció a Libertad a través de Dolores, ambas trabajan juntas en el centro de copiado y comparten un ínfimo departamento céntrico. Sofía vivía muy cerca de allí, en un importante edificio de bastante antigüedad, con tres dormitorios y habitación de servicio. Cuando Dolores apareció con los bolsos en la puerta de su casa, luego de la muerte de sus padres y de haberse quedado en la calle, Sofía, metió los bolsos de su prima en el departamento, agarró las llaves y la tomo del brazo

-Vamos- dijo- yo te voy a ayudar a encontrar un lugar donde vivir-

Su actitud no era, en cierto sentido, reprochable, no solo porque Dolores no era de hacer reproches, sino más bien, porque Sofía era una persona que desoía cualquier comentario que no le viniera bien, o sea, cualquier reproche. Todo lo errado o equívoco, en Sofía resultaba pertinente.

Agarró su bicicleta del garaje y la hizo andar no más de veinte cuadras. Entraron a un centro de copiado, donde la saludaron por el nombre, se acercó a una mujer grande, de nombre Laura y le preguntó si todavía estaban buscando empleada, Laura preguntó sobre sus antecedentes, y con mucha honestidad Sofía le dijo que ninguno, pero que de Dolores lograría el mayor entusiasmo por el trabajo y un gran deseo de aprender el oficio –Puede empezar mañana mismo- afirmó Laura con una gran sonrisa, y luego dirigiéndose hacia Dolores, con amabilidad, le pidió que de ser posible se presente a las 9 de la mañana. Allí Dolores conoció a Libertad que trabajaba en el área de diseño y diagramación y aceptó su ofrecimiento de compartir departamento y gastos.

Dolores era, por encima de todas las cosas sencilla y tranquila, no solía tomar iniciativas, ni tener grandes ideas, era callada e introvertida, pero buena por demás.

Libertad muy por el contrario era una mujer de mundo, sociable y carismática, pero sobre todas las cosas muy ambiciosa y con demasiados objetivos.

Habían transcurrido tres años desde que Dolores había entrado a trabajar en el centro de copiado, tres años sin penas ni glorias, rutinarios, pero felices. Libertad y Sofía solían reunirse para algunos proyectos y lo hacían siempre en el departamento pequeño que Libertad compartía con Dolores. Sofía tenía una casa de costura y entre diferentes trabajos que realizaba para terceros, en época difíciles, fabricaba delantales de cocina diseñados por Libertad, que luego salía a vender por los diferentes locales de la zona.

Volviendo al día aquel del accidente. Libertad llamó a la policía casi de inmediato, Sofía estaba nerviosa como nunca la habían visto, no paraba de caminar de acá para allá por el pequeño departamento que en determinado momento le quedó chico, y abriendo la puerta siguió sus idas y venidas por el pasillo para hacer más extensivo el paseo, pero en ese momento entraron los del 5ºC, y eso alteró aún más los nervios de Sofía que entró corriendo en su departamento y se acurrucó en el sillón como un niñito asustado, Dolores aprovechó aquel estado de quietud para ofrecerle el té que le había preparado, Libertad ya había cortado el teléfono y Sofía la miraba expectante, como a la espera de algún veredicto. Libertad no dijo una sola palabra y Sofía estaba que se comía los codos. Dolores decidió interceder,

-¿Y?... ¿que paso?-

Libertad se tomó unos segundos para contestar, parecía disfrutar del estado alterado de Sofía, luego dijo con la mayor seriedad.

-Va a ser mejor que te vayas del país - Sofía dio un salto del susto.

-No, mentira-

-¿que te dijeron?-

-que vayamos a la comisaría a hacer la denuncia

Dolores que había logrado calmar a Sofía de alguna manera, se levantó y llevó a Libertad hasta un rincón para hablar en privado

-Que te pasa Libertad, no ves que Sofía está sufriendo, te resulta divertido lo que está pasando, porque parece ser bastante grave.

-Sí, claro que es grave, Sofía mató a alguien, a vos te parece que esta situación puede no ser grave- Está vez la severidad de su afirmación era seria. Y a Dolores se le atragantó la realidad en la garganta. La conversación se interrumpió debido a que Sofía se había levantado del sillón y acercado hasta donde estaban las chicas cuchichiando, Libertad aprovechó la interrupción para salir a fumar un cigarrillo al pasillo. Mientras Sofía ya más recompuesta y en sus cabales le trasmitía sus intenciones a Dolores

- No voy a ir a la comisaría, no confío en la policía-

- Pero mataste a alguien- respondió Dolores, como retando a un niño cuya travesura debiera ser debidamente castigada. Terminó de decirlo y volvió a repetir.

-¿Mataste a alguien?

-Eso parece, me tiemblan las piernas

-Quizá no murió

-Si, quizá, una pena que no me cercioré del hecho

Dolores la miró sin saber que decir. En ese momento entró Libertad.

-Vamos Sofi agarra tus cosas, nos vamos

- Yo a la comisaría no voy

-Vamos a ver al muerto

Atrás de Libertad, se vio apenas asomado al vecino del 5ºC al cual Libertad se había encontrado en el pasillo, estaba muy interesado en saber que le pasaba a Sofía, tras él, estaba su novia, muy interesada en saberlo todo.

Se llamaba Paz y resultaba encantadora, se había hecho un poco amiga de Dolores, vivían en el departamento de al lado desde hacía un año, o poco más.

-¿Para qué vamos a ir ahí?- preguntó Dolores intrigada. Y Paz que se presentó como abogada penalista, explicó.

-Para ver si está muerto, por que de no ser así no habría mayor problema

Libertad se dio media vuelta como para salir del departamento mientras le guiñaba un ojo a su vecino con lascivia, pero Marcos parecía estar más interesado en Sofía, que en ella o en su propia mujer, Libertad se dirigió hacia la escalera y tras ella, sin decir palabra, salió toda la comitiva, en dirección al muerto que, en una de esas, no era tal. Debían ser las doce de una noche de verano, y la calle no estaba especialmente solitaria, los cinco salieron del departamento en fila y en silencio. Sofía tomó la delantera, para guiarlos hacia el callejón en el cual, gracias a Dios, no encontraron ningún muerto, ni vivo, porque no encontraron a nadie. El callejón era particularmente oscuro, se veía poco y nada pero claramente no había persona alguna en el piso. Ahora la hilera se había convertido en un círculo perfecto, lleno de especulaciones y susurrados comentarios: *el muerto en realidad estaba herido y se fue, lo descubrió la policía, algún transeúnte*, se comentaban en voz baja unos a otros sin saber muy bien hacia donde los guiarían los hechos, pero como suele suceder, Sofía rápidamente encontró la válvula de escape a su absurda realidad, acotando

-Lo que me apena es haber perdido las tijeras- Pero Marcos, rápidamente busco con la mirada y las encontró tiradas en el piso, se las alcanzó a Sofía

-Gracias, me costaron una fortuna, y son de excelente calidad- Sofía hablaba de las tijeras como si fuera eso lo que estaban buscando en aquel callejón, Dolores por su parte, se preguntaba, donde estaría el charco de sangre, comenzando a sospechar que Sofía había inventado o imaginado todo aquello. Todos seguían en la misma posición, sin saber muy bien que hacer. Entonces fue Libertad la que esta vez propuso

-Bueno, si acá no pasó nada, podríamos irnos ahora tomar algo-

-Algo pasó, no estamos muy seguros de qué - intervino Paz

-Sí, yo si se que - interrumpió Sofía - ya les conté todo. Me quiero ir a mi casa-

-Dale vamos, total ya conseguiste las tijeras- acotó Libertad con sarcasmo, pero Sofía ya estaba encaminada (y no entiende de sarcasmos) Marcos iba tras ella como un perrito faldero. Paz indiferente frente la actitud de Marcos, se mostraba preocupada por aquella situación, y las insólitas actitudes de Sofía. Honestamente, si no fuera por el hecho de que encontraron las tijeras, lo que confirma que aquella fue la escena del crimen, y dado que las mismas estaban cubiertas de sangre, habría llegado a pensar que aquello era todo una mentira. Fue entonces, mientras caminaban más rezagadas, que Paz le propuso a Dolores ir a pasar unos días a su casa en el tigre mientras se aclaraba la situación.

-¿Y vos porque sos tan buena?, ¿Qué provecho sacas de ayudar a unas asesinas?- Libertad parecía depositar en Paz el enojo que le generaba el ser ignorada por Marcos

-Bueno Dolores y yo somos un poco amigas, además...

-Lo demás no me interesa- Interrumpió Libertad – Me parece una idea excelente, irnos al Tigre, por lo menos el fin de semana- Y aceleró el paso para estar lo más cerca posible de Marcos y Sofía. Mientras, Dolores y Paz, se confesaban mutuamente los porqués de sus actos.

Dolores en realidad no tenía otra motivación más que la falta de motivación para hacer otra cosa, en cambio Paz, tenía una razón muy clara y concreta; tenía una hermosísima casa en el Tigre y prácticamente ningún amigo para invitar, o para cualquier otra cosa, no tenía amigos. Dolores se conmovió mucho frente a aquella declaración y prometió acompañarla, más allá de los sucesos que acontezcan aquella noche.

Llegaron al departamento a los pocos minutos y todos comenzaron a hacer los bolsos, Sofía que no vivía en aquel edificio, agarró su montón de telas y retazos, sus tijeras y un costurerito de viaje que llevaba en su cartera, y metió todo aquello en una pequeña mochila que le prestó Libertad. Libertad rápidamente terminó de armar un bolso de mano de dimensiones razonables, mientras Dolores se apareció con una valija enorme dos bolsos grandes y su cartera, Libertad la miró con una sonrisa burlona, Sofía en cambio la sermoneó largamente sobre su falta de practicidad. Libertad la hizo callar, las tres salieron del departamento y se detuvieron frente al 5ºC a esperar. Diez minutos más tarde salieron del edificio en comitiva, entre idas y vueltas serían alrededor de las tres de la mañana, Paz, embargada por la emoción de estar entre amigos, olvidó las dificultades del acceso. Cuando llegaron al puerto de frutos ubicado en la localidad de Tigre, desde donde salían las lanchas colectivas que recorrían el Delta, descubrieron que debían esperar tres horas, la próxima salida.

Y allí estaban Sofía, Libertad, Dolores, Paz y Marcos, sentados en las escaleras mirando al agua, esperando la salida del sol, que se asomaría sobre el horizonte de un momento a otro, anunciando la salida también del barco. Estaban en silencio. Cuando Sofía inesperadamente, como una confesión hecha a las aguas, declaró

-Debí haberme entregado a la policía

-Todavía estás a tiempo- dijo Libertad, Dolores quiso interceder, pero antes de abrir la boca, Sofía se había alejado del grupo que seguía sentado en silencio bajo la luz de la luna.

Sofía era una mujer fría y calculadora, aunque también era pasional e impulsiva, y todo eso, simultáneamente.

No tuvo una vida fácil, pero nunca se quejó, las cosas eran como eran y ella, no creía, sinceramente no se le pasaba por la cabeza, que podrían haber sido de otra manera, y quizá en algún punto tenía razón, porque a veces tomar las riendas de nuestra vida, tomar nuestras propias decisiones, parece tan solo una ilusión. Quizás se sentía culpable por los sucesos de aquella noche, quizás no. Pero tenía como esa sensación de que las cosas cambiarían para siempre. Se sentía sola, o quizás se supo así. Se quedó un rato largo parada frente al río y un montón de pensamientos invadieron su cabeza. Y Sofía de repente, en el silencio, escuchó susurrar a su conciencia

Dolores la miraba con preocupación, pero Paz interrumpía sus pensamientos con comentarios banales. Libertad había abandonado la infructuosa tarea de conquistar a Marcos y fumaba un cigarrillo en silencio, mientras le vino a la cabeza una pregunta que no se había hecho en sus veinticinco años de vida, ¿Era ella feliz?, y de repente sintió cosas, que había sentido antes, pero de diferente manera, ahora, esos mismos sentimientos le marcaban la carne y dolían, se sentían en el cuerpo. Había tenido demasiada gente cerca, pero no sentía ningún tipo de conexión, hasta ese momento en el que comenzó a sentir una suerte de empatía, entonces comprendió el más profundo significado de la palabra compasión.

Paz se había quedado en silencio. Dolores finalmente pudo escuchar sus pensamientos y tuvo como un presentir, como un saber que de repente se había depositado en ella. Presentía su entorno y hasta podía intuir más allá. Sintió una conexión con todo lo que la rodeaba que la ayudaba a comprender. Dolores Comenzó a sentir la voluntad de tomar sus propias decisiones.

Pasaron mucho tiempo ensimismadas en sus pensamientos. Tiempo en el que transcurrió el amanecer, la salida del barco, y el arribo a la isla en la que se encontraba la casa de Paz. Pero ellas, ya no estaban, otro habría de ser su destino, Paz y Marcos se hallaron perdidos entre los ríos del Tigre y algún Sauce llorón que de repente les permitió encontrarse como hacía mucho que no habían encontrado a nadie, como si la paz fuera un sentimiento que hoy se le hizo propio.

Hoy es diferente

Amo la distancia,
Amo lo efímero,
lo traslucido, impalpable,
lo que termina,
lo superfluo,
la forma sin contenido.

Una vida

Cuando empezó a trabajar en la multinacional, Laura había dejado la terapia pero no la tristeza que la embargaba hacía ya casi siete años, la presión social era más fuerte y ella prefirió cumplir mandatos que ser feliz.

Laura era inteligente responsable y muy antipática.

Había empezado sus sesiones psicoanalíticas cuando entró en una crisis muy grande luego de recibirse, la dejó tres años después, trabajando y con un novio. Finalmente su vida estaba bien encaminada según le habían explicado, pero Laura, más apegada a la eficacia voluntariosa que a los sentimientos, sabía que algo no andaba como debía. Ella siempre había tenido otros intereses que se enfocaban distinto, una especie de interés por el mundo diferente. Cada uno a su manera se organiza como puede. Si bien renegaba de toda relación, no menosprecia al ser humano. Simplemente no le representaba ningún interés. Por eso suponía que todos ajustaban la realidad para vivir la vida que les correspondía, como debían. Había decidido avocarse a su carrera pero aparentemente no resultaba apropiado no formar una familia. Estaba segura que, de ser varón, hubiera sido diferente pero había resultado mujer y lo intentó con ahínco. Ella entendía que en el mundo se hace lo que hay que hacer, eso es lo que nos toca. También entendía que a algunos lo que les toca les resulta más afín, resultado de esto es una mayor adaptación a la realidad, Entonces pensó que la humanidad estaba dividida entre los que miran el mundo y los que viven en él, y ella se sentía como una pieza de ajedrez que habían colocado en el tablero de las damas. Claramente no formaba parte del juego, o mejor dicho jugaba con otras reglas.

Laura se volvió cada vez más prestigiosa en su trabajo, tuvo que empezar a viajar, viajó por diferentes lugares, viajó por varios meses, viajó repetidamente y así se fue modificando la cotidianeidad y la rutina, también sus vínculos sociales que optaron por desaparecer

Un día, se le ocurrió pensar que quizás estaba demasiado sola. Pero el pensamiento se estancó ahí y la situación no pasó a mayores, sí sus viajes, que se hicieron cada vez más largos. El tiempo que pasaba en su ciudad era poco, y prácticamente nada la retenía.

Los incesantes viajes se volvieron agotadores, por lo que finalmente decidió instalarse en Estocolmo.

La compañía le brindó un hermoso departamento muy cerca del laboratorio en el que trabajaba, las condiciones eran óptimas y Laura por primera vez se sintió plenamente satisfecha, había, con mucho esfuerzo, logrado lo que deseaba, veía cumplido su objetivo y si bien su vida era un armonioso transcurrir sin la exigencia de las metas o quizás precisamente por eso, ese instante de luz se apagó de golpe y sin saber muy bien porque, sintió vana su existencia, tuvo algo así como una epifanía (ella no solía tener epifanías solo pensamientos concienzudamente razonados) en la que se percibió superflua e intrascendente y todo seguía curiosamente inmodificable.

Su presencia en este mundo comenzó a resultarle innecesaria y hasta molesta. Por eso subrepticiamente decidió ponerle fin de la misma manera que transcurrió, con sobriedad y discreción.

Era una mujer de ciencias y tenía una moral diferente (como suele pasar con la gente de ciencias) creía en la materia como si fuera eternidad y así fue que decidió entregar su cuerpo a la ciencia, su muerte debía convertirse también en descubrimiento o quizás no concebía ser comida por gusanos, aunque ese hecho no tuviese menos connotaciones científicas que otros.

Ofreció su cuerpo muerto a la ciencia a cambio de una vida prestada. Quedaban algunas personas en Buenos Aires que, quizás por inercia, seguían escasamente pendientes de ella. No tenía garantías pero sabía que era un trato justo. Decidió confiar en que se mantendría la correspondencia, formal y rítmicamente.

Así se hizo según su voluntad.

Hasta donde se, todavía hoy seguimos recibiendo sus cartas.

Suerte

Nico, Luis y Pablo crecieron juntos y fueron buenos amigos. Un día se hicieron mayores y cada uno siguió su camino, igual de bueno y de complejo. Pero la vida de tenía una particularidad, a él todo le salía bien, siempre. La vida de Luis tenía otra particularidad, a él todo le salía mal. Tardaron en notarlo y en poner las cosas de manifiesto pero, tarde o temprano, lo hicieron, pese a lo absurdo del planteo. Nico fue el primero en nombrarlo y Luis el primero en negarlo. Marco, quizás por culpa, aceptó enseguida su predeterminada realidad. Luis se negaba a aceptar una realidad predeterminada y esa era, según Nico, la razón de su desgracia: no creer en el destino.

A Nico, mientras tanto, le ocurrían cosas buenas y malas como a casi todos, por que hay muchos como Pablo, pero más hay como Luis, cubiertos, sin saberlo, por un manto de desgracia.

Luis se negaba a creer. Pero un día se vio ante la disyuntiva de tomar una decisión trascendental, no para él sino para sus amigos. Se encontró en la obligación de elegir un compañero para sus desgracias y, en un momento de lucidez e incredulidad, decidió que fuera Pablo quien lo acompañara en aquella aventura, creyendo que, de esta manera, llevaría con él un pedazo de buena fortuna. Nico se sintió rechazado, Pablo se sintió estafado pero Luis estaba desesperado: ¿era Pablo un afortunado si había sido arrastrado a tan riesgosa travesía?. Luis pidió perdón, imaginaba a Pablo como su única salvación y Pablo, que creía por creer, por culpa o por compasión notó estar pagando un precio muy alto por su suerte. Nico, sin embargo, pensaba diferente. Él veía la buena fortuna como un bien adquirido genéticamente, por lo tanto invariable, era lo que le tocaba. Pablo estaba tan desesperado por lo que le había caído en suerte, que había perdido por completo la fe en su buena fortuna. Nico trató de persuadirlos. Las cosas no iban a cambiar.

El asunto terminó y Nico tuvo razón, en una situación, donde la suerte tuvo que elegir, se puso a favor de Pablo para sobrevivir y Luis murió en el intento. Quizás si lo hubiera acompañado una suerte peor, Luis habría sobrevivido y otro hubiera perecido. Quizás si hubiera aceptado su desgracia, hubiera podido enfrentarla.

Quizás no exista ese destino o una realidad tal y todo esto no pasó más que en su propia imaginación.

La mente poderosa

Lo besó con dulzura y comenzó a descomponerse, primero por dentro, después por fuera. Los objetos de su entorno se deshacían cuando los tocaba, no podía comprender, ¿le habrían echado una maldición?. Amarai se recluyó desesperadamente, mientras, Octavio la vigilaba sin que ella lo supiera, la vio desintegrar objetos, descomponer personas. Se supo responsable. Nunca había creído que sucedería, que algo así sería lo peor, la seguía queriendo pero menospreció su poder como hombre en esta tierra, sin creer que el cosmos lo escucharía, Octavio por amor y por despecho le había deseado lo peor cuando ella dejó de quererlo.

Perfectible

–Se me ocurrió una idea- Dijo de pronto Nayla, aunque en realidad, no se le ocurrió nada si no más bien manifestó una idea que tenía bastante masticada.

-¿Porqué no hablamos de nuestros defectos? -

Amanda, Inés y Carolina se miraron, la idea les pareció absurda y poco feliz.

-Pero no cada una de sus propios defectos, sino los defectos de las demás-

Ahora la idea les pareció perversa y sinsentido

-Toda perversidad es un sinsentido, esa es su esencia, la acción que se vuelve perversa por el sinsentido del acto más que por el acto en sí. - Nayla explicó el porque de su extraña propuesta, ergo, al tener un porque ya no tenían connotación perversa. No lo creyeron así sus amigas que ya se encontraban saturadas de tanto palabrerío confuso.

- Es que yo no reconozco mis defectos pero a ustedes les veo un montón, puede resultar muy enriquecedor intercambiar ideas al respecto. -

Fue su alegato final.

Las otras tres se miraron

- Sí, lo que pasa es que a nadie le gustan que le digan sus defectos, por eso, la verdad, no me parece una buena idea -

- Pero a mi me gustaría que hagamos la experiencia - insistió Nayla

- Entonces porque mejor no te decimos a vos lo que pensamos, tus defectos y ya - Convino Carolina

- Sí, claro esa es la idea pero a mi también me gustaría decirles a ustedes lo que observé en todos estos años de relación, yo creo que pueden aprender mucho, todas podemos aprender de esta experiencia -

- Bueno- Interrumpió Amanda- Empecemos por vos, ¿Te parece?

- Bueno... Pero ya sabés lo que tenés para decir o lo haces por despecho y nada más. ¿Te tomaste el trabajo de hacer un análisis profundo de mi persona?, ¿certero?. -

Amanda se quedó boquiabierta de la indignación

- Bueno dale, yo te escucho -

- Yo sabía que Caro iba a ser la primera en ceder, por comedida, empecemos con eso sos una chica muy comedida, y esa característica en el fondo esconde sumisión, inseguridad, cierta desesperación por ser aceptada... A veces como que das pena -

- Que feo lo que me decís -

- Bueno estamos hablando de defectos, tenés cosas buenas también -

- Me cuesta imaginarlas, después de lo dicho -

- Ves, ahí se muestra tu baja autoestima, tu inseguridad -

- Ja!, eso comparado con vos que te tenés un ego más grande que una casa - Inquirió Inés

- Me parece que estás proyectando -

- Qué querés decir -

- Que ves tus defectos en mí, es un termino de la psicología en el que... -

- Estoy familiarizada con el término, puedo saber a que te referís exactamente. Interrumpió Inés indignada - ¿Qué es lo que estoy proyectando se puede saber? -

- Tu soberbia -

Inés se levantó en silencio y salió al balcón, Nayla le siguió hablando sin moverse y elevando el volumen de su voz a medida que Inés se alejaba -

- No te ofendas, son defectos no virtudes lo que estoy señalando, además tu soberbia también es ofensiva -

- No me considero soberbia ni ofensiva -

- insisto en que esto no es una buena idea -

- No tengas miedo Amanda -

- Ahí tenés ese es mi defecto soy muy miedosa -

- No, ese defecto no cuenta -

- ¿Porqué no?- inquirió Amanda algo molesta -

- Porque ese defecto es problema tuyo -

- Todos mis defectos son problema mío - Dijo Amanda algo crispada. Carolina trató de calmar las aguas

- Si Nayla, los defectos de los demás son problema de los demás -

- Sí...Amanda tu problema no es el miedo, a vos te carcome la envidia -

- ¿Qué? -

- Te lo quería decir porque sería bueno que hagas algo al respecto - agregó Nayla - ojo, por vos lo digo -

Inés comenzó a impacientarse y desde el balcón acotó

- Te crees que no lo sabe -

- Inés, ¿que decís?- Ahora la furia de Amanda se mezcló con tristeza

- Nada, supongo que vos sabrás...Digo -

- ¿Que soy envidiosa? - Interrumpió Amanda

- No, no es eso, o bueno sí, lo que quise decir es que el sentimiento de envidia es algo que se lleva adentro, no algo que le haces a los demás.

- Bueno, no estaría tan segura - Agrego Nayla, ahora más animada al ver que sus amigas se habían integrado a la propuesta - De hecho se trasluce tu resquemor cuando alguien recibe una buena nueva.

Amanda se quedó sin palabras como sucedió con Carolina y también con Inés al recibir su diagnóstico. Amanda se reclinó en su asiento y Carolina se incorporó.

- Bueno hablemos de los defectos de Nayla -

- Dale, estoy ansiosa por escucharlos, porque, como ya dije, me cuesta encontrarlos -

Las tres amigas se miraron entre si, pero ninguna pudo decir nada, no sabrían por donde empezar. Nayla también se quedó callada con una gran sonrisa expectante. Amanda girando casi por completo el torso miró hacia Inés, a la que le habló en forma personal.

- Que tenés que decir vos de mi -

- Nada, ¿porque te pones así? -

- Parecías compartir el hecho de que soy envidiosa -

- Te estás poniendo susceptible -

- Y vos estás desplegando tu soberbia en todo su esplendor -

- No hay necesidad de ponerse agresiva Amanda - intervino Carolina

- Me siento más agraviada que agresiva -

- Si es cierto, discúlpame -

- No tenés que pedir disculpas cada vez que abrís la boca - Comento Inés

- No, es cierto solo tenés que pedir disculpas cuando contradecís a la reina Inés

- Ves que enseguida te salta lo envidioso -

- Y a vos la soberbia - Acotó Carolina

- Uy emitió una opinión propia ella - Agregó Inés socarronamente

- Tengo unas cuantas ideas más que podría compartir, la soberbia te está quedando corta

- Ja!!! Te lo dijo, ja!! Hasta tu más fiel servidora - Se burló Amanda

- Yo no soy la servidora de nadie -

- Siempre andas atrás de Inés, haciendo lo que ella dice -

- ¿Estás celosa? -

- No sería raro la envidia y los celos son primos hermanos - comento burlona Inés

- Sí y la soberbia es tía de la estupidez. -

- Mirá vos, yo escuché que la inseguridad va de la mano de la violencia reprimida -

- Querés que me ponga violenta -

- No te atreverías ni al más mínimo enfrentamiento -

- Vos lo decís de envidiosa -

- Y vos de soberbia. -

- ¿Porque mejor no hablamos de mi? -

Todas depositaron su mirada iracunda en Nayla al escuchar su intervención, entre indignadas y apenadas, no respondieron nada. Nayla se puso de pie como quien da un discurso o testimonio

- lo mío era buena voluntad, para crecer y aprender, conocer quienes somos, no para agredirnos de esta manera y que se sientan mal con ustedes mismas y con las demás. Esta experiencia debería ser constructiva y no destructiva. ¿Les gustaría decirme ahora mis defectos? Quizá las haga sentir mejor.

Inés abrió la boca para decir algo pero enseguida la volvió a cerrar. Miró a Amanda que también estaba boquiabierta, pero de la sorpresa y luego a Carolina que solo miraba la pared pensativa. Inés lo volvió a intentar

- Es que vos... Siempre estás... Nunca te pones.... Buscas todo el tiempo....

- Ella quiere decir que sos difícil -

-No, no me parece que difícil sea lo más adecuado, yo más bien pensaría que es... Como muy... No es difícil, es raro -

-¿Nayla o a la situación?... -

- Nayla, la situación también -

- Porque la generó Nayla... -

- No -

- No me contradigas por todo -

- Estoy tratando de explicar... -

Nayla salió cabizbaja y meditabunda. Cerro la puerta tras de si, mientras sus amigas continuaban cavilando sin llegar a ninguna conclusión. Ella se fue.

En varias oportunidades había intentado, en vano, este "experimento". Que invariablemente terminaba igual, sin amigas y sin lograr que nadie le diga sus defectos... ¿Estaría este mundo todavía inmaduro para soportar tanta verdad?

La vuelta a la cabeza en 80 pensamientos

1. La verdad nos hace libres
2. Es solitario el camino hacia la libertad
3. No es lindo estar solo
4. Es satisfactoria la soledad del camino
5. Es reconfortante llegar a la meta
6. Es necesario tener metas.
7. El camino es la meta
8. La meta es el camino
9. El camino es escabroso
10. La meta es el fin...?

11. Las personas no hacen lo que piensan
12. Las personas no piensan lo que dicen
13. Las personas no dicen lo que piensan
14. Las personas no piensan lo que hacen
15. Las personas que no crecen, decrecen
16. Las personas que no crecen molestan
17. Las personas molestan
18. Sin personas nos sentimos solos
19. Es triste la soledad.
20. La tristeza te carcome los huesos
21. A veces es difícil salir de la tristeza
22. A veces la tristeza es el final
23. A veces el final es triste
24. A veces es mejor que se termine
25. A veces es mejor que continúe
26. Un eterno continuo sin final.

27. Hay que reinventarse
28. Hay que ser fiel a uno mismo
29. Hay que estar permeable al cambio
30. Hay que mantenerse firme
31. Hay que ser flexible
32. Hay que saber perdonar
33. Hay que saber pedir perdón
34. Hay que ponerse en el lugar del otro
35. Hay que pensar antes de hablar
36. ... El amor lo es todo.

37. La realidad está en la superficie
38. La realidad es superficial.
39. Hay una profunda realidad en la superficie
40. El mito supera la realidad
41. La realidad es un mito
42. La realidad no existe.
43. La realidad es lo verdadero
44. La verdad es lo que "Es"
45. Lo realidad es lo que yo creo
46. Lo que creo es único y personal
47. La verdad es subjetiva.
48. La realidad es objetiva.
49. La verdad es una
50. El mundo es proceso de creación
51. El mundo es creación Divina
52. El mundo es la expresión de Dios
53. Mi mundo interior es un abismo.

54. La simpleza de la idea
55. La complejidad de la historia
56. Lo que es, lo que fue, lo que será
57. Lo que soy, lo que fui, lo que seré

58. No importa lo que te pasa sino cuanto te importa lo que te pasa
59. El arte es proceso de creación.
60. El arte es expresión del yo
61. El arte es manifestación de tiempo y espacio
62. EL arte es comunicación.
63. El arte es un misterio

64. La belleza es subjetivamente objetiva
65. El pensamiento individual es objetivo, el pensamiento colectivo es subjetivo
66. Al revés
67. Cuando todos pensamos lo mismo al mismo tiempo, el mundo se detiene por un instante
68. Todos queremos algo
69. Algunos queremos todo
70. Todos queremos a alguien
71. ¿Alguien no quiere nada?

72. Del dicho al hecho hay mucho trecho
73. ¿Del dicho al hecho hay mucho trecho?
74. A veces lo dicho es un hecho
75. Del pensamiento al dicho hay un estrecho
76. Debería haber un abismo
77. Con un puente colgante.

78. Una imagen vale más que mil palabras
79. Una palabra vale más que mil imágenes
80. ¿Qué palabra?

Printed by Books on Demand GmbH, Norderstedt / Germany